무덤이들의
달

선환기 시집

상상인 시인선 100

같은 선 위에서 기다리는 엇갈린 시간

모두가 각자의 시작과 끝을 오가고 있다

시인의 말

시를 쓰는 건 담담히 고백하는 내 마음이
당신의 마음을 얻었으면 하는 일입니다

산과 물, 바람과 파도, 무엇이든
세상의 모든 소리가 시에 스미면,
저마다의 숨결이 아름다운 노래가 되고
장엄한 풍경으로 거듭나는 때,
나 또한 그 깊고 넓은 품에 안겨
오래도록 살아가고 싶습니다

자연의 미미한 속삭임부터
인간사의 오랜 발자취까지
어쩌면 세상은 늘 같은 이야기의 반복,
시는 그 익숙함 속에서
가장 작고 세밀한 진실의 울림을
뜨거운 심장으로 듣고자 하는 몸짓입니다

세월 속에 누군가 나의 글 속에서
진한 사람의 향기를 맡았다, 말해준다면
그것으로 더 바랄 것이 없겠습니다

그리고 삶의 마지막에 이르러 알게 될 것,
어쩌면 시인으로 살아왔다는 그 사실이
죽음마저 한 편의 시처럼 아름답게 할
아련한 기대로 남을지도 모르겠습니다

1부   떠나간 사람들의 이야기

2부　내 마음 낡은 수채화 한 폭

3부 세상의 가장 붉은 꽃으로

4부 연기처럼 흩어지는 세상의 일들

1부

떠나간 사람들의 이야기

꽃잎 해체

4월이 꽃잎을 해체한다
무수히 달고 있던 꽃잎
비처럼 떨구는 벗나무 아래
한동안 맞아보는 꽃잎 비
잠시 세월의 물결을 느껴본다

미련 한 줌 없는 저들의 결단은
송이송이 제 몸을 놓아 버리고
그토록 찬란하던 시간의 뒤로 가는

꽃잎 떨어진 자리
새싹이 돋고 있다
봄이 가야 여름이다
그렇다 저 분분한 해체는 건설이다

단단한 무늬

삶의 길목에서 마주하는
상처 없는 사람 어디 있던가
메마른 그루터기에서 새싹이 돋듯
깊은 상처에서도 용기는 싹튼다

다리 잃은 휠체어 저분도
사지를 비틀며 걷는 저분도
두 눈엔 뜨거운 삶의 의지 담고 있다

어쩌다 쏟아지는 눈물이라면
온몸으로 절규하며 토해내겠지
끝 모를 운명 앞에 기꺼이 순종하며
지난 길 발자국마다 꽃을 피워라

상처의 흔적은 흐릿해져도
그 자리에 새겨진 삶의 고귀한 무늬
모호하고 모순된 운명 속에서도
온전히 피어나는 숙명의 겸허함이여

이별하는 밤
- 아버님 전

당신의 조각난 향기들이 너덜대는 밤
멀리 산새들 울어대는데
올려 본 밤하늘은 예나 저나 고요하다

꽃 같은 화염의 잔치 속으로
쉬이 들어간 울음이야 잠시겠지
꽃불의 가슴에 안기면 천사의 자장가를 들을까

돌릴 수 없는 시간들의 허허로운 잔영이
걸어온 길 한 줄기를 바람으로 흐른다
핏빛 단풍이 아름답지만 끝내 사라지듯
젊은 기백과 좀 쑤시던 욕망들도 허무하다
깨어진 꿈은 어느 하늘에 걸리었을까

당신은 성그러운 눈빛으로 말했지요
인고의 시간이 인생이라고
어둠이 들어야 빛이 있다고
문득문득 불어오는 소슬한 바람이 재촉하는
이제서야 받은 선물 영원한 휴식입니다

길들여지는

소유와 종속의 탐욕으로
애정은 욕심이고 길들임이라는
어린 왕자의 슬픈 이야기

보름달 해변으로 가는 홍게처럼
파블로프의 종소리처럼
밤마다 길 떠나는 나방처럼

춤추는 고래와 사자의 관객이 되고
무자유가 자유를 이긴 곳에서
칭찬의 언어는 익숙해진 기다림

그 모든 순종이 익숙해진
거절하지 못하는 매트릭스의 세계
나도 몰래 살아가는 익숙한 세상

삶의 선율

어머니의 마음 고운 날이면
두 방망이 어깨 춤추듯
멀리서도 경쾌한 삶의 노래였네

어떤 날의 방망이 소리는
무언가 장단이 맞지 않았다
지치고 피곤한 날이었을까

"뚝딱뚝딱 뚝딱 두듯 득 두닥닥"
그 소리 듣고
엄마 내가 한번 해볼게요 하면
잘못 두드리면 옷감 상한다며 웃으셨지

그리고는 "우리 아들 참 착하네"
작은 엉덩이 토닥여주던 그 손길
다시 경쾌해지는 다듬이의 노랫소리

평화를 위한 기도

이해할 수 없는 소용돌이 속
돈바스에도 크림의 잃어버린 땅에도
아련한 꽃들이 여전히 피어나고 있는데
같은 하늘 아래 나눠진 국가
서로를 죽이는 미망未忘의 쓰라림
사람은 전쟁의 아픈 기억을 잊었는가

흐르지 않는 눈물로 죽어가는
암흑 속의 저 젊은 영혼들이여
평화의 기도는 하늘에 닿지 않았나 보다
하나의 하늘 아래
인간의 폭력, 폭발하는 소리들
피를 흘리는 기계들이여
조국의 수호신이 되리라던 젊은 영혼
밀밭 길 따라 달려간 자유의 염원들이여

전쟁과 파괴와 재기와 희망
상처는 오래도록 남아서 아플 것인데
죽음이 두려운 사람들이 떨고 있다

〈

위정자들이여 양보讓步로 전쟁을 끝내라
평화는 피를 먹지 않는다고 말하라
서로 추악한 악마의 가면을 벗어라

나는 무신론을 떨치고 하늘에 빌고 바라옵니다
러시아, 우크라이나 사람들이 평화의 일상을 꿈꾸는
작은 소망을 가지게 하소서

목련애가 木蓮哀歌 1

3월 찬바람 아직 남았는데
부끄러운 나목으로
너는 어느새 와서 웃고 있구나

숨 막히는 고독과 차가운 달빛
뜨거운 눈물도
그리운 가슴도
잠시라던 그대여

사랑이 떠난 자리
자리마다 떠난 사랑
돌아선 사랑 잡지 못해
흐린 눈시울로 바라보는
너의 빈 마음

미처 말 못 하고 떠난 사랑은
그날의 눈부신 추억을 안고
봄바람에 뚝뚝 목련꽃 따라가세요
〈

하얀 얼굴 목련에 숨은 내 사랑
애쓴 기대는 아직도 서러워
이 봄 목련이 지면 잘 가세요

목련애가 木蓮哀歌 2

부드러운 봄바람에 씻은 몸
하얀 속살 자랑하던

없어도 모르던 붉은 사랑
어느새 알아버린 죄

돌아선 사랑 잡지 못하니
뜨거운 눈물도
막힌 가슴도 잠시라고

간다는 임 소식에
눈물처럼 떨구는 꽃잎
못다 한 사랑은 꿈에라도 하소서

찔레꽃

하늘에 닿은 그리운 눈물
돌아온 고향은 말이 없고
아비는 딸 그리워 죽었다는
찔레꽃 전설을 생각한다

가시밭길 헤매이던 찔레야
다섯 꽃잎에 묻은 사연
하얀 그리움으로 서러운 밤
빨간 눈물이 맺힌다

애타던 목소리는 향기 되어
애처로이 날리고
찔레야 애절한 내 사랑아
돌아온 오월은
애틋한 그리움으로 너를 피운다

한밤의 무지개

도시는 잃어버린 파도 소리를 그리워한다
콘크리트 정글 너머 막힘없는 세상으로
그 염원, 밤마다 도시의 숨결 속에 스며

고단한 하루를 술잔에 털어 넣고
찬란한 조명 속에 비틀거리는
꿈꾸는 사람들의 노랫소리는
빌딩 속에서 메아리로 떠돌고

도시의 밤엔 매일 무지개가 뜬다
빌딩 사이를 지나는 바람으로
스러져가는 희망의 조각들로

보이지 않는 눈물과 한숨이 모여
저마다의 고독한 싸움이 실처럼 엮여
희미한 불빛 아래 피어나는 무지개

고된 하루를 견뎌낸 이야기로
또 다른 내일을 준비하는 사람들

상처 난 날개를 추스르며
다시 날아오르자고
콘크리트 정글에 무지개를 띄운다

밤 깊도록 가슴에 품은
작은 희망의 언덕에
야무진 무지개 꿈을 띄운다

삶의 연대기

금천 구민운동장 지나서
호압사 가는 길 팽나무 하나는
덩굴나무와 같이 살고 있다
아니 팽나무가 잡혀 산다고

누가 먼저 살자 했을까
꼭 붙어 싱싱하다

한쪽이 흔들리면 같이 흔들리는
서로의 뿌리가 엉켜진 날부터
홀로는 서지 못해
햇살도 비바람도 나누어 맞는 사이

서로의 존재가 가지는 의미로
아무려면
서로 어울려 산다는 건 좋은 거지
아픔을 나눈다는 건 사랑한다는 거지

자귀나무

잠자듯 숨을 죽였다
접어둔 날이 올 때까지
사랑은 늘 목이 마르고
기다림이라지

때맞춰 꽃을 달자고
다정했던 봄을 밀치고
온도가 오르고 있다

내 가슴 따뜻이 감싸주자고
해지면 추운 날들 밀어내며
무엇인가를 말하고 싶어
무수히 잎사귀를 흔들며
가슴앓이 온도가 오르고 있다

때는 초여름

나비의 꿈

새벽이슬에 목 축이고
적막을 깨고 일어난 수려한 날개
햇살 따스운 하늘이
꽃들을 내려주시면
살랑이는 바람 날개에 실어
너에게 날아가리라

달맞이꽃 이슬 젖어 우는 밤
숨결을 느끼는 사랑으로
부끄럽도록 안아주리니

늘 푸른 세상을 향한 여정
하얀 날개에 외로운 꿈 하나
일편단심 너를 향해
내 마음 전하리라

고요한 별빛 언덕에
사무치는 정을 나누며
꽃잎 적시는 이슬처럼

우리는 하나 되어 나비춤으로
영원한 사랑의 노래 부르리

무덤이들의 달

동백기름에 참빗 내린 머리
울 하동 할매 같은 하얀 달
악양동천에 뜨는 보름달은
화개산 등마루 타고 흘러라

오백 리 길 돌아 흐른 섬진강 강가에
힘들고 마음 아픈 사람들이 살던 땅
눈물 아로새긴 꿈 하나 꾸며 살던
떠나간 사람들의 이야기 무성하고
세월의 뒤꼍 뒷자취 애련하다

낯익은 석양 속 하염없는 나그네 발길
악양산 비알진 언덕 강바람 선선하면
농익는 벼 고개 숙이는 무덤이들
소달구지 오가던 토지길 따라
절구춤이나 한바탕 추어 보자
부네각시춤에 추렴새를 붙여 볼까나

호젓한 길 돌아서 휘적이며 걷는 길

하동의 달은 강바람 싣고 떠오르고
저 푸른 솔밭에는 마음만 두고 가네

나의 바다

출렁이나 넘치지 않는
맞으며 맞으며 기다리는
다가가면 멀어지는

닿지 못할 심연

적막한

마음 둘 곳이라 내려놓는 그곳
나의 바다

사막의 별

사막의 길 인생의 길
메마른 바람 끝없는데
지친 발걸음 사막을 걷는다

모래언덕 끝없이 아득하고
감춰진 세상 알 수 없는 내일

뜨거운 바람 견디며
나지막이 풀잎처럼 이겨낸다

지워지는 발자국 따라
꿈들이 모래알 되어 날리고
지평선 너머 잡지 못하는 신기루

메마른 가슴 적시는 풀꽃 하나
작은 희망으로 다시 피면
진솔한 눈물로 만나겠지 사막의 별

내린천

끊임없는 유수의 여정
흐르는 것이 내리천뿐이랴
낙화는 물 따라 흐르고
구름은 잔별 뜨는 산너미로 흐른다

별빛 내리는 징검다리 건너
소롯한 오솔길 따라서
옛사람의 길을 걸어가면

시공은 동일의 존재로 다가오니
생은 내려가는 물처럼 흐르다
바다보다 깊은 잠 속으로 가는 것
만고의 세월에 떠나간 사람들
너와 나의 이데아

내린천에서 문득 찾아보면
떠내려가지 않는 것
아아 없더라 없더라

겨울은 눈을 감고

눈 덮인 산사 겨울은 깊은데
빨랫줄 위 참새는
평화로운 일상의 날갯짓
어젯밤도 오늘도 눈 맞으며
도란거리는 언어의 유희
겨울은 눈을 감고 못 본 척하네

작은 발자국 남기고 떠나간
가을 새의 군무도 잊히고
산새들 노래도 얼어버린 계절

멀리 떠나간 철새보다야
식구 같은 텃새가 더 정겹지
낮게 날아 우리 곁에 대대손손
이 땅에 같이 살아온 정이다

딱새야 참새야 봄 햇살 기다리며
우리도 겨울엔 눈을 감고
나무처럼 잠자도 좋으련만

손수레

편의점 골목 들어 박스 몇 장
전봇대 아래서 녹슨 프라이팬 하나
시들어가는 코스모스의 몸부림이
힘겹게 바퀴 앞을 하늘거린다

살아가는 이야기 한 귀퉁이
똥빛 리사이클링 한 장씩
차곡한 바람이 되어 쌓이고

재각재각 가위 치며 고물 삽니다 하던
엿장수들은 다 어디 갔을까
세대를 이어 굴러가는 힘겨운 바퀴

비 갠 도시의 오후
"비둘기에게 모이를 주지 마세요"
치렁한 벽보 앞을 부족한 공기압으로
차곡한 바람이 구르고 있다

사망 진단서

갈 데까지 가버린 이의
삶의 노래가 끝나버린
도돌이표 없는 악보
돌아오지 못하는 길 갔다는
확연한 사실의 판결문

시간은 짧았고
지난 일들 너무 빠르다지만
애착 한 줌 없이 떠날 수 있을까
생은 왜 이어지는지도 모르면서

그 종이 어디에도 죽음의 숭고崇高를
애도하는 문구는 없다
건조한 종이 쪼가리

생의 끝이 종이 한 장 그 위에
다시는 일어설 수 없는 무게로
새까맣게 부서져 새겨지는 글자

사 망 진 단 서

2부

내 마음 낡은 수채화 한 폭

장미가 지고 있다

뙤약볕에 그을려 빛을 잃은 얼굴
장미가 속절없이 쓰러지고 있다
화사한 날의 불붙던 모습은
가시 돋은 가지 끝에 매달려
비뚤어지고 누른 생채기를 남기고

돌아보지도 않고 멈추지 않는 시간을
주저 없이 받아들이고 덤성덤성
세월의 강물에 가만히 몸을 띄우고 있다

남은 향기 바람에 실려 가고
붉은 꽃잎 하나둘 떨어지는
평화스럽기만 한 오후의 거리에
떨어진 꽃잎들
여름을 알리는 장맛비를 받아내고 있다

강아지풀

살랑살랑 꼬리를 흔들며
누구와 인사하고 있노
바람이 지나다 만져 주었구나

절제되지 않은 번식으로
자유롭게 뻗어가는 푸른 솜털
천하의 잡초
수천 년 이어온 이 땅의 노래로
뜨거운 태양 아래 서 있어라
저곳엔 꽃들이 웃고 있어도
그늘 없는 햇살의 노여움으로

아무 곳에서나 피는 잡초
살랑살랑한 꼬리 말고는
아무것도 가진 게 없어
부드럽고 간지러운 풀
이 땅에 뿌리박은 미래

너는 잡초 나는 민초
가난한 생존들이 살랑거린다

산딸기

왕성한 가시덤불 속에서
불뚝 힘주는 빠알간 눈알
지난밤엔 이슬을 먹었구나
팔딱이는 심장의 기운이여

알알이 부푼 검붉은 정열
알알이 맺힌 눈부신 정염

가시를 날카로이 세워라
아무도 못 따먹을 정조로

송곳을 잔뜩 둘러 세워라
너구리 곰 늑대가 노리는
빠알간 눈알들이 익어간다

개망초

아무 곳에나 피는 줄 알았네
지천으로 피운 줄 알았네

버려진 듯한 들녘 가득히
너의 하얀 웃음꽃 피어나
무심한 발걸음 멈추게 하고
작은 숨결로 세상을 채운다

발길을 비켜서 너의 자리에
태연히 뿌리 내린
때 묻은 세상을 탓하지 않는
빼꼼한 얼굴에 잔뜩 핀 행복
자세히 볼수록 예쁜 너

작은 손짓으로 세상을 이야기하는
가만히 볼수록 신기한
작은 기적 하나 방긋 웃고 있다

아까시나무

순백 꽃잎의 의미는
오랜 약속의 기다림
절절한 그리움인가
아득한 전설의 사랑인가

한 잎씩 가위, 바위, 보
순수한 웃음과 우정
어린 날 추억이 하얗게 깨어나
환한 얼굴 하얗게 치렁거리며
향긋한 이야기를 풀어놓는 오월

벌들의 날개 따라
번져가는 그윽한 향기
초록 잎새 사이로
바람이 속삭이는 자장가
지친 마음 기대어 쉬면
꿈결처럼 찾아오는 아련한 추억

하얀 꽃잎 송이송이

별처럼 쏟아져 내리면
내 마음 낡은 수채화 한 폭
빛바랜 기억들이 되살아나
추억을 찌르는 아까시 가시

배롱나무 전설

이겨서 돌아오리라
사랑을 위해 흰 깃발 올리려니
내 승전의 노랫소리 들어라 하시던 임

그리운 임 오시리라 찬란한 꿈
뱃머리에 흰 깃발 나부끼면
오래도록 사랑하리라 했건만
무너져 내린 찬란한 약속

뼈를 드러내는 고통을 이기고
한 무더기씩 웃고 있는 꽃이여
뙤약볕에도 덤덤히 지고 피는 넌
부귀이달富貴利達을 꿈꾸는가
찢어발긴 껍데기는 벗어 버리고
온몸으로 드러낸 진실
가슴 뛰는 단장의 무더기가 고와라

달빛 향기로운 이 밤에는 온 신령들을 불러
감미로운 꽃 잔치를 벌여 볼까나

미세한 감각으로 춤을 출거나
마디마디 부러지도록 피어날거나

길냥이

낯선 자유가 힘겨운 길 위에
가진 것 없는 외로운 투쟁
파리한 목숨 부대끼며
발걸음 소리에도 뒤돌아본다

나눌 것 하나 없는 맨발의 묘생猫生
눈치 하나로 살아온 골목길 따라
불러줄 누군가가 웃고 있을 곳으로
소리 죽여 다가가는 동그란 눈동자
어둠 속에 그리운 얼굴 반짝이면
세상 끝까지 가리라 고독한 사랑의 길

어둠을 가르는 별빛처럼
바람에 실려 오는 속삭임처럼
내 마음의 문을 열어주리니
외로움 나누는 새벽이 오면
불러라 온 마음 담은 자유의 노래

아지랑이 언덕에 고이 누웠다

이슬처럼 가버린 사랑을 위해
세상 끝에서 다시 만날 약속으로
냐~옹!

반려견 분양 가게

너는 어디에서 왔니
솜털 아래 숨겨진 작은 떨림
어미 품 떠난 슬픔은 얼마나 깊을까
조명이 꺼지지 않는 쇼윈도 속
따스하던 어미 품 꿈꾸고 있구나

꿈결 속에서도 젖 물음 오물거린다
어디로 가게 될까 작은 발은
너의 발톱처럼 감춰진 미래

조명에 갇힌 시간 뒤로
어느 사랑이 너를 안아 줄까
예쁜 이름으로 불러 줄까
울지 마라, 작은 세상이 열릴 거야
부드러운 품에 안겨 꽃잠 자게 될 거다

유리창 너머 테이블에서 젊은 커플이
설레는 표정으로 계약서를 적고 있다

돌탑

사람은 기도할 때 아름답다
돌 하나씩 올린 노부부
두 손을 모은다

돌탑이 딸깍 소리를 낸다
너무 많은 소원을 실었나 보다

큰절

햇살 가득한 대청마루
정중한 말들이 물결처럼 번져갔다
"아이구 반갑습니다, 말씀 많이 들었습니다
이렇게 뵙게 되어 영광입니다"
"천만의 말씀입니다"
존중심은 마루의 오랜 나뭇결에도 스며들며
따스한 온기로 공간을 채웠다

나는 보았다, 백설_{白雪} 같은 할배의 흰 수염이
고요히 고개 숙이는 순간
잘 익은 벼가 스스로를 낮추듯
그 묵직한 맞절 예법은
햇살 아래 한 폭의 수묵화처럼 펼쳐졌다
귀한 손님을 맞이하는 법
몸으로 새긴 겸손이 마루에도 깊이 새겨졌다
망자에게만 큰절을 하는 게 아니라고

세월 따라간 할배의 엎드렸던 그 자리에
흰 수염 몇 가닥이 마루 틈새를 비집고

뿌리내린 듯 새싹처럼 돋아나 있었다
사라지지 않는 존중의 씨앗
영원히 이어갈 예법의 증표로 남아서

그리고 오늘 대청마루의 기억은
시간의 강 건너편에서
영정 속 할배의 온화한 눈빛과 마주하고
깊은 존경을 담아 큰절을 올린다

평강천

달오름 나들이로 평강천을 가본다
조곤히 해적이는 은물결 소리
바람에 실려 옛이야기들
흐르는 달빛 속에 스며들고

투명한 바람 담고 억새의 노래
추억의 조각들이 하나둘 떠오르면
고향의 향기 황소처럼 내달아 온다

소리 없이 시간 속에 묻혀간
어릴 적 뛰놀던 달맞이꽃 고운 길
따스한 품은 언제나 고향이었지

손잡아 펼쳐 놓던 그리운 날들
조롱박 조랑조랑 햇살 담으면
그 안에 그득히
아련한 그리움들 떠가고 있다

누가 불러 가을밤은 오는가

귀또리 도란도란한 소리 문밖으로
살가운 인사 가을 숨결이 스민다
잠자리 날개바람에 코스모스 하늘거리고

어디쯤엔 선선한 바람이 총총이고
귀또리 우는 툇마루에는
술 인심 좋은 동네 친구들도 올 거다

희망처럼 함께 살아온 감나무에도
포장치레 없는 선물을 달고
빨간 감 주절거리는 날이 온다네

가을 기별이 살풋하면
마침내 우리가 기다린 날이
자고새 우는 산여울 따라 내려오고
초롱한 별빛들이 논두렁 따라 넉넉한 밤
또다시 소중한 이별로 가을밤이 오는가

진눈깨비 내리는 풍경

진눈깨비가 드날리는 저녁
우산을 같이 쓰자는 이웃을 만났다
둘이 함께 우산 하나
맞닿은 어깨로 정이 흐르고

조그만 쌀알 같은 조각들이
청보리 잎새 곱은 등을 적시고
말간 배롱나무에도 하얀 옷을 입힌다
삽살개 짖어대는 거리에
초롱한 눈빛의 아이들이 뛰놀고

저문 하루가 연기처럼 흩어져가면
창가에 부딪혀 흐르는 눈발과
내 고단했던 하루도 녹아 흐르고 있다

아바이마을

청초호 물결 소리도 실향의 한숨이다
모래 위 허름한 집에서 갯배 위에서
잊을 수 없는 기다림의 시간은 흘러간다

다시 가야 할 고향 땅
탄식으로 체념으로 젊음은 시들고
설움은 시린 물결 되어 끊임없는데
마음속으로만 수없이 오가는 길
속절없이 가버린 세월
고향 잃은 목숨마저 다 스러져 간다

바로 저기 눈앞의 북녘 하늘 아래
닿지 못할 아득한 차단이 운다
영원히 채워지지 않는 허기로
시리운 눈물의 고향을 마주한 자리에
아직은 시들어 가는 들꽃처럼 서 있다

삼강주막 三江酒幕

700리 낙동강에 내성천과 금천이 흐르는
옛 나루터에 여전한 옥련의 주막
주모 부르던 목소리 세월에 실려 가고
정겹던 얼굴들 강물처럼 멀어지니
초가지붕 아래 시간만 더께 앉았네

"주모, 여기 막걸리 한 되 주시오"
낡은 문풍지에 기대어, 예 사람 흉내 내니
알싸한 막걸리 한 잔, 노릇한 파전 한 조각
세상 시름 내려놓고 탁자에 기대앉아
내성천 물결에 마음 실어 바라보니

여기 풍류 속 신선이 바로 나로세

강물 위에 저 햇살 한 조각에도
수천 년 세월의 물결, 잔잔하게 흐르고
어제와 오늘, 그리고 다가올 날들이
한잔 막걸리에 녹아들 제
인생이란 결국 매 순간이 축복임을

〈

무정한 세월의 강에 떠가는 우리네 삶
한 시절 뜨겁게 사랑하다가 지는 노을빛처럼
붉은 잎사귀처럼, 그렇게 저물어 가는 것임을

자발적 가난

어느 마음인들 금빛 물결에 흔들리지 않을까
세상 모든 이 마음 한켠 풍요를 꿈꾸지만

그 길을 알지 못해 막막히 헤매는 이 있고
유혹의 어두운 손 기꺼이 뿌리치는 이 있다
또 어떤 이는 채움보다 비움에서
더 깊은 고요를 찾으니
사람들은 저마다의 빛깔로 삶을 물들이고 있다

나 또한 넉넉한 강물을 꿈꾸었으나
그 물길 잡는 법은 아득한 수수께끼 같아
쓰는 법이야 흐르는 물처럼 쉬운데

돌아보면 많은 영혼들이
이 막막한 길 위에서
하루를 겨우, 숨 가쁘게 살아내고 있다
바둥대는 실타래처럼 얽힌 삶으로

돈의 거대한 그림자 드리울 때

때로는 힘없이 주저앉지만
입에 풀칠할 작은 소박함만 있다면
이 세상 그래도 걸어갈 만하다고
가슴에 새기는 사람들 있다

무거운 욕심의 짐 기꺼이 내려놓고
가벼운 발걸음으로 고요히 향하는
자발적 가난을 택하는 사람도 있는데
세상의 눈에는 잃은 것 많아 보일지라도
그는 어쩌면
가장 소중한 것을 얻는 것 아닐까
마음의 평화, 세상 무엇과도 바꿀 수 없는
진정한 자유를

친구에게

친구야
가을 햇살 참 따습다
작은 쑥부쟁이들 도란도란하고
골백번 거듭난 가을바람이 풍성하구나!
그래도 작년처럼 모두 왔다 가겠지
세월 한 귀퉁이 참 정겨웁기도 한데
이 속에 한 천년 살았으면 좋겠다

친구야
너는 네 가슴으로 내 미소를 담아라
흥겨운 수다를 떨어라
그리운 사람은 그리워하고
보고픈 사람은 만나야 하는 날
붉게 물든 석양을 걸머지고
낙엽 지는 길 발자국마다
함께 걷는 산길이 외로울까
너의 흥겨움을 위해 네 이름도 불러주마

친구야

가을 햇살 참 따습다
살아오며 묻은 먼지 환하게 벗고 가자
이야기들은 단풍처럼 물들고 흩어져도
못다 한 이야기는 낙엽 속 묻어 두고
우리는 이 세상에 초대받은 나그네
다시 못 가는 지난 길 석양에 사르며
약수에 목 축인 길손처럼
가벼운 걸음으로 가보자

한여름

여름이 포효하고 있다
천상의 큰 북소리를 내며
강산이 멍이 들도록 소낙비로 때린다
비켜서지 않는 열기의 한가운데에서

그 물기 마르기도 전에
다시 햇살은 작열하고
대지는 뜨거운 입김을 내쉬며 고동친다

온갖 생명이 숨 쉬는 자리마다
작은 풀잎 하나도 굴하지 않고
맹렬히 약동하는 계절
생명으로 타오르는 한때여

등산

무심한 산 구름이 내다보는
더딘 세월 흘러간 고갯마루로
해 지도록 갈바람 소리

산 구름 넘나드는 꾸불텅 고개
허덜시리 들꽃이 피어나던 곳
산까치도 짝을 만나 신이 났구나

따사론 햇살에 어깨춤으로
한세월 꺾어 내 흥에 담고
온 시름 훌훌 털고 넘어가누나

세월 묵묵히 지켜온 자리들
굽이굽이 삶의 이치 깨닫게 하는
다시금 저 너머 새 길을 열어가리

가끔은 울어도 괜찮아요

울지 않는 그대는 정말 울지 않을 건가요
저 넘어가는 태양의 마지막 찬란에도
흩날리는 벚꽃잎의 슬픈 향연이 끝나고
장미의 붉은 얼굴이 사랑을 외치는 순간에도

다시 못 올 곳으로 시간이 잠겨가고
사람들이 다 돌아간 놀이터에서
그림자처럼 외로움이 짙어질 때도
닫힌 수도꼭지처럼
아직도 그대는 울지 않을 건가요

별빛 희미한 차가운 도시의 불빛 속에
그대는 어떤 꿈을 꾸고 있나요.
무심한 세상 속 감춰진 슬픔은 어쩔 건가요
그대는 이미 너무 많은 눈물을 흘렸는지도
더 이상 흘릴 눈물조차 남지 않은
텅 빈 껍질만 덩그러니 남은 건지도 모르죠

하지만 그대여

가끔은 울어도 괜찮아요
억눌렀던 감정을 흐르는 빗물처럼
메마른 가슴에 단비로
슬픔은 결코 부끄러운 허물이 아니니

가끔은 기대어도 되는
아픔을 덜어줄 저 하늘에
어깨를 내어줄 누군가에게

무가무불가 無可無不可

바람에 흩어지는 꽃잎처럼
흘러가는 햇살에 그림자를 지우고
내일의 꿈은 아직 태동하지 않았으니
오늘이 아름다운 전부라 말하자

하찮은 사랑도 쉽지 않은 날들에
눈물꽃을 뿌리며
작은 배 출렁이듯 살아가는
세월 속 다양한 모습들

이런들 저런들 어떠하리
아무래도 좋다는 이 말
의문 속에 잠긴 진실을 안고
찾지 못할 삶의 이유는 묻어두고
서로의 눈빛 속에 숨겨진 이야기 듣는다

삶의 충분한 이유는 존재의 의미
무가무불가 無可無不可 라 말하며
우리는 시간 속에 묻혀가지만

그저 오늘의 숨결이 눈부시고
서로의 마음이 피워 내는 이해와 공감
서로를 감싸는 작은 일상들이 흐르고 있다

3부

세상의 가장 붉은 꽃으로

한강의 봄

깔았던 얼음장판 걷어내고
속 비운 갈대처럼 태연하게
젊잖은 선비의 걸음으로
흐르고 있다

노란 물결의 개나리와
버들강아지의 눈으로 저 강은
세상의 자궁
지상의 적멸
멸도의 경지

세상의 모든 허물을 다 품어 안고
침묵의 수행으로 나아가는 구도의 시간
저절로 다다르는 큰 바다

새들의 찬란한 군무에 답하여
저들의 고단한 삶을 위로하는
반짝이는 신호를 하늘로 보내며

윤동주의 시 '눈 오는 지도'에 부쳐

떠나는 순이를 잡지 못하고
가슴에만 두는 사랑
그 아프디아픈 그리움은 어찌하려고

눈이 온 천지에 덮여
너의 발자국마저 사라진 지금
사랑은 자그마한 바퀴같이 굴러
나를 태운다
어느 하늘 아래 다시 만날까
숙명처럼 젊음이 쉬 사라질 걸 알았는가
정 주지 못한 마음에 흰 눈이 함박 쌓였다

그리움은 차가운 바람에 실려
마음의 구석구석을 스치고
너의 이름을 꽃으로 부르면
다시 볼 수 없는 아픔이 된다

사랑은 언제나 가슴에 두는 것인가

그리움은 그렇게 남아

눈처럼 쌓여가고 있다

녹두꽃
- 전봉준을 기리며

희망의 씨앗으로 녹두꽃 피어나고
절망의 늪을 나와 꿈이 녹아드는
햇살 따스한 날이 오고 있다

절망과 아픔이 감싸는 땅에도
소리 없이 피어나
고된 삶의 무게를 덜어내고
내일은 새로우리라 민초의 꿈

그 용기 산천에 드리우며
착취와 억압에도 피우는 희망
녹두의 노래를 부르며
다시 일어나는 불꽃으로
어둠을 뚫고 나아가는

녹두여
떨어지지 않을 꽃이여
바람보다 먼저 일어서는 풀잎의
희망 노래를 부르리니

생의 미련도 두려움도 없이
천년 세월에 자유와 평등을
그 슬픈 핏자국을 남기시려오

조마리아 여사

이제 너의 할 일을 다 했으니
일제에 목숨을 구걸하지 말라
저 원흉의 가슴에 박은 총탄은
어두운 세상 희망의 빛이 되려니

여중군자 女中君子
조국의 아들을 낳은 어머니
하염없이 눈물을 흘리더라도
담대한 가슴은 지고지순의 사랑

망국의 한은 밤이슬보다 서러운데
이국을 떠돌며 살아낸 큰 뜻은
위대하고 고귀한 희생
민족정기의 주춧돌이 되었습니다

민족의 가슴에 새겨진 그 이름
어둠 속 별처럼 빛나는 애국이여
결코 잊히지 않을 자유의 노래여
〈

당신의 붉은 피로
세상의 가장 붉은 꽃으로 피어나소서

숭고하여라 母子의 사랑

따라오는 달
- 어머니 생각

석양에 잠기는 당신 모습으로
하루의 해가 강처럼 흐르고
보고 싶은 얼굴은 뒤뜰에
다시금 달로 걸어 두었습니다

어디를 가든 따라오는 그 정을
한껏 걸어 두었습니다

이 밤도 당신의 자락
들안개처럼 잠겨오고
달 구름처럼 슬쩍슬쩍
그리움이 흘러갑니다

당신의 뜰에 안기면
그 온화한 미소 속의
순정한 사랑이 당신입니다

먼 훗날까지 사랑하리라던 말

둘 곳 없는 슬픈 발자국
멀리 떠난 애달픈 정입니다

별의 청춘 1

- 윤동주를 기림

죽음으로 지킬 조국이 없는 날
곤궁한 어둠 속을 별똥별이 흐르고
하늘과 땅 사이를 베어내듯 먼동이 튼다

슬픈 족속들의 방황이 끝나는 날까지
녹안(鹿眼) 구슬피 우는 아리랑 노래
가장 어두운 새벽이 끝나는 시간에도
깊은 암흑이 몸살로 떨고 있구나

그 누가 불사른 쓸쓸한 영혼의 언저리
그을린 상처 보듬어 줄 아무것도 없이
찾지 못한 조국과 시대의 자아는 어디에

별 하나 별 둘 어머니 어머니 그리고 한국아
이슥토록 거룩한 혈흔을 남기고
날개옷 차려입고 해방으로 가는 밤
차가운 들바람에 사위어가는 별빛이 아득하다

풀포기처럼 일어나는 완고한 자아를 찾아

저 멀리 허공으로 날아가는 창밖의 소리
죽어서 뼈만 남을 승자의 소리가 드높다

별의 청춘 2
- 윤동주를 기림

오랑캐꽃 고개 숙여 고이 피는 밤
달빛도 쌀쌀한 빼앗긴 나라
강물도 슬픔 싣고 숨죽여 흐르는구나

떠나간 순이 길 따라 덮인 안갯속
수줍던 첫사랑도 해란강에 흘러간다

아린 가슴 비장한 청춘의 자화상
아침을 맞으려는가 별이 지고 있는데

스스로 울지 못하는 고독이 나부끼는 밤
어스레한 여명의 별에 걸어둔 이름들과
마주한 청춘의 어둠은 아직 깊고 쓸쓸했다

모든 죽어가는 것들의 사랑을 노래하던 사람이여
조국을 애타게 찾던 후쿠오카의 수인이여

이제 와 조국의 빛나는 별을 헤어라
아지랑이 피는 조국의 푸른 들판으로

애연하던 청춘 부끄럽지 않을 자화상을 펼치고
자랑스런 청춘 조국의 환한 새빛 한껏 받으소서

윤동주의 '쉽게 씌어진 시'에 부쳐

왜 돗자리 여섯 조각
친구들은 떠나고 쓸쓸한 방
등불을 밝혀 어둠을 내몬다

인생은 살기 어렵다는데
이리도 쉽게 시가 씌어지는
슬픈 시인의 천명을 부여잡고
나에게 건네는 최초의 악수

조국의 광복을 기다리는
하루하루가 힘든 나날에도
스스로 자랑스러운 한국인임을

해뜨기 직전 가장 어두울 때
여명의 시간이 솟구쳐 오듯
조국 광복을 기다리지요

참된 자아와 거짓된 자아 사이
존재와 존재의 싸움

마침내 이뤄낸 자아와 자아의 화해
비로소 자기와의 싸움에서 이겼습니다

그러나 미처 몰랐던
일본 고등경찰의 미행이 있었음을

마지막 시를 적으며 희망하던 광복
끝내 보지 못한 가슴 아릿한 슬픔을
유영 시인의 시로 다시 들어봅니다

'창밖에 있거든 두드리라
그리고 소리쳐 대답하라

모진 바람에도 거세지 않는 네 용정 사투리와
고요한 봄 물결과 같이
또 오월 하늘 비단을 찢는 꾀꼬리 소리와 같이'

신두리 해안사구

신두리 모래 언덕을 걷는다
발끝에 부서지는 수천 년의 시간
겹겹이 쌓인 알갱이마다 새겨진
세상의 연륜 쉼 없이 부딪치고
스치는 바람은 아득한 세월의 숨결 같아라

이 땅에 새겨지는 덧없는 흔적들
거친 바닷바람은 그것마저 지우고
쉴 새 없이 날아오르는 모래
늪을 건너고 오아시스를 만나
고단한 여정에 잠시 쉬어가는 시간

긴 시간이 흐르면 쌓이는 것이
어찌 모래뿐이겠는가
내 마음에도 버려야 할 허물들
수많은 찌꺼기 되어 쌓여 있었다

삶은 어디에서 와 또 어디로 흐르는가
지나온 발자취 바람에 덧없이 지워지듯

〈
고개 들어 먼 하늘을 본다
붉게 타오르는 저녁놀 아래
낙타를 탄 듯 묵묵히 걷는 나
사막의 끝 열린 하늘 저 산 너머로
하염없이 걸어 들어가는 쓸쓸한 길

갈매기 석양에 날다

바람 세찬 작은 돌섬에
모여 앉은 갈매기의 고달픈 하루
석양이 비추는 눈동자들
온종일 풍랑이 거세었지

먼 하늘 낙조가 흐르고
쉬고 싶은 날개들
석양의 품속으로 떠난다

어두움이 와도 두렵지 않은 조나단
사랑과 꿈이 펼쳐지는 날개
자유의 물결은 파도처럼 쉼 없어라

석양의 가운데까지
끼룩이는 희망 노래가
장엄한 태양을 삼키며
하늘을 붉게 물들이고 있다

못 빼기

80의 아버지가 암 수술 하시겠다기에
팔십이면 살 만큼 사셨다고 한 서툰 위로며
어머니에게 가난을 원망하던 철없던 시절이며
아내에게 음식 타박하던 일이며
아들에게, 친구들에게, 주위에
내 입술 벗어나 박혀버린 날 선 말들 모두가
대못 되어 저들의 가슴에 박혀 있으리라

다시 눈을 감고 내 안을 본다
나도 옹골진 못들이 가슴에 있지 않으냐
세상의 풍파 속 덧나 버린 상처와 흔적들

하나하나 빼기로 하자
녹슬고 깊어 안 보여도
이제는 하나씩 빼내도록 해보자
서로의 허물까지 감싸안아
못자리가 별자리가 되도록

소녀의 가방

몽실몽실한 소녀가 걷고 있다
잘록한 옆구리에
날아갈 듯 아롱다롱한 가방
볼록한 저곳에 담겼을 무엇들

저게 저절로 볼록할 리가 없다
저 안에 립스틱 하나
지갑 하나 손거울 하나 그리고
엄마가 사준 향기로운 핸드크림 하나
저 안에 고독한 청춘의 꿈 한 아름
기성의 벽을 넘을 지성의 시집 한 권
청춘은 언제나 아방가르드의 꿈을 꾼다

가방 속 작은 비밀들
청춘의 이야기로 미래를 가는
꿈과 사랑이 담긴 가방을 메고
찰랑이는 머리로 소녀는 간다
날이 바뀌고 엄마가 되고

달맞이꽃

춤추는 바람에도 흔들리지 않는
내 그림자 한껏 길어지면
애증의 조각들이 달빛에 스미고
사랑의 흔적 지워 가리라
흠모했던 날들의 미소는
부드러이 음영陰影 속으로 스미고
사랑은 마법이 되리라

님 그리운 사람들이여
사라지던 꿈들이여
나 그대들을 위해 마법이 되어
노란 야화의 몸짓으로 다가가리니
사랑하는 이들이여
꿈꾸지 못하는 날에도 울지 말아라
시들어 가는 몸짓으로도 사랑하나니

가짜

하얗게 예쁜 아기 유모차 타고 온다
뾰쪽한 입 똘망한 눈으로
양옆을 둘러보다 눈이 마주친다

세상에서 제일 편한 자세에게
요요 손 인사를 건네지만
도도하게 표정도 없이 쳐다본다
"건드리면 확 물어버릴 거야"
이런 젠장 나만 뻘쭘해진다
아기라면 방긋 웃어 줄 텐데

"괜찮아요, 우리 아기는 안 물어요
엄마가 있으니 그래요"

'어이쿠 어쩌다 개 엄마가 되셨어요 그려'

허리 굽은 할머니 유모차를 밀며 온다
뻥튀기 한 봉지 실려 있다
〈

하얀 강아지, 아기, 뻥튀기
뻥튀기에 오버랩되는 강아지

가짜다
아니다
아닌 게 아니지
생각은 어느새 둥글게 구부러진다

모기

내 피를 먹고 도망간 놈이 있다
동네가 이리도 넓은데
하늘이 저리도 깊은데
세상천지에 찾을 수가 없다
흔적은 살의 봉분으로 남고
복수심이 심장을 박박 긁는다
살생의 적개심에 자비심이 뭉그러지고

아서라 보시가 공덕이니라
세상사 돌고 도는 인연이고 업보니라
어찌할꼬 얼마나 더 수양해야 하나

내 피는 양식이 되고 후손이 되어
대대손손 살으렷다, 장구가 되어 잠자리를 키우거라

스님처럼 그래보다가

벽에 까만 점 하나 발견했다
살금살금 복수가 다가간다 손바닥으로 탁

피가 튀고 살점이 분해되고
잡았다 나쁜 놈
미소와 희열이 온 우주에 만연하다

아차! 자비 공덕은 잽싸게 허공으로 훨훨
문蚊 씨 양반 좋은 곳으로 가거레이~

개인산에서

온 세상 보듬어 감아 도는 안개
개소리 닭울음 들리지 않는 세상
산이 절로 노래하는 숨겨진 신비
누가 오라 한 적 없어도
기어이 그 길을 간다

무엇 찾아가느냐 묻지를 마라
세속에 길든 몸 꿈 하나 못 꿀까
덩그런 바위 하나하나도
세월의 노래에 닳아온 선인仙人인 것을
저곳에 가면 산새의 날개를 단 바람 불어와
가슴 가득히 사려의 깊이를 채우지

호호 망망 떠나는 바람같이
파란 발자국 냇물에 목 축이고
유행가 한 곡조에 두 팔 벌려 본다
바람도 운무도 달과 산새도
모두 떠나가도 남을 산 하나
울 엄니 등처럼 굽어 세월을 품고 있다

〈

하늘 아래 흐르는 몸
바람처럼 와 안개처럼 사라져도
세상에 온 이유는 있을 거야
첩첩산중 넘어서야 비로소 알게 되는
또 다른 날 만나자는 이유

건널목

약속과 순서의 신호
오차 없는 메커니즘
그 위를 스쳐 지나면
다시 그 자리에
바퀴들이 돌아간다

모이고 사라지는 사람들
각인된 공간 속 연속의 행위들
조종에 움직이는 반사 반응
일상이 프레임 속
매트릭스의 세계인가

바람이 멈춘 빌딩 속에는
꿈꾸는 영혼들이 흔들리고
내일도 다르지 않을
잿빛 흔적을 남기고 어디론가
멀어져가는 등 뒤의 사람들

그래도 한 가닥 자유의지

그냥 하늘로 가자
달 구름처럼 흐르는
무거운 공간들의 가벼운 스침으로

한강

가늠하지 못할 수양의 깊이
그 도도함으로 침묵의 정진
더 보탤 것도 없는 긴 여정

한곳으로만 떠나는 천만년을
기웃거리지 않는 몰입으로
깊이를 채우는 수도자의 길

대각선의 붉은 파장이 나리는
마천루 너머 황혼이 젖어오면
아쉬운 하루의 이별을 위하여
오늘도 된바람 막아낸 사람들
해거름 강을 건넌다

겨울은 막무가내로 들이미는데
은물결 위에는 아직 둘레둘레
서슬 진 주둥이를 휘저으며
오리 몇 마리 떠다니고 있다

서울

깔딱고개 넘어
까마귀 날아대는 계곡 위
호암산 전망대

솟아오른 잿빛 무거움과
멈춤 없는 도시의 시그널
후진 없는 강 따라
오늘도 열린 연극무대
녹슨 철갑의 무딘 창에
갈기 세운 로시난테의 진격

모호한 멜로드라마의
동정 없는 관객들
무대 위 배우에게 던져지는
차가운 시선들

고개 내려가 다시 그 자리
박수 없는 관객 향해 손짓하는
천만 배우들의 아레나_{arena}

4부

연기처럼 흩어지는 세상의 일들

청자 상감운학문 매병 青磁 象嵌雲鶴文 梅瓶

산란하는 빙열무늬
천년 장인의 오묘한 감각
고고한 구름 노니는
쪽빛 하늘을 풀었다

매화 봉오리 곡선 위에 펼친
유유자적 학의 날개
모래알 같은 천년 세월
운학의 날갯짓에 흐르는 선율
그 뉘라서 발길을 돌릴 수 있을까

추위에 맞서 핀 꽃의 기개
세월의 거센 바람 비껴간
저 부처님 같은 어깨는
천상천하유아독존 당당한 품위

흙과 불로 빚어 영롱한 푸른 하늘
천 년의 청아한 이야기 들려주는
세월 건너 피어난 불멸의 조화여

이지러진 달

올해도 어느새 부처님 오신 날
달빛 같은 연등 위로
이지러진 달이 말을 건넨다

세상살이 힘들지,
그렇구나 대꾸하니
살포시 뜨는 달의 미소

세상사 돌고 돌아 달도 차면 기울고
흐린 날 지나야 맑은 하늘 본다고

이지러진 달에 부는 살가운 실바람
달밤 고요에 온갖 소음 잠기네

세상사 알 수 없으니
순리대로 살아라
속에 있는 행복 섬겨라
〈

비운 마음 사이로 어느새
달빛 온기가 스미고 있다

無心

하늘은 무심하다
하늘이 무심하다
하늘도 무심하다

개인 사정은 듣지 않는

무심한 하늘이다
무심해서 하늘이다

사람들 일은 알지도 못하지만
그래도 가끔 돕기도 한다는데

착하고 불쌍한 이는 좀 도우면 좋겠다

사람이 한울이다
사람은 한울이다

성주괴공 成住壞空

피던 때가 접때였나 푸르른 때가 어제였나
바람도 구름도 흘러가는 간간이
햇살도 언뜻 숨었다 나타나네

부도탑 꼭대기에 한 마리 참새는
두리번거리다 포르르 날아가고
나뭇잎은 어느새 하염없이 떨어지네

한세상 무엇을 얻고자 살아왔던가
대웅전 계단에 앉아 심신을 돌아보며
무상無相의 진리를 알아가는 노인이여
일체는 공空임을 모른다고 하지 마소
꽃피고 푸르렀을 때는 어제였구나

장수탕

이슬 맺힌 곳
이슬도 소나기도 맞으며
가진 것 없는 빈손

시원한 43도 열탕이
뼈마디를 살살 녹이거든
온몸으로 폭포수 맞고
발한실 모래시계 돌려놓고
속에 있는 불순물 모조리 빼자

때 많은 몸 정갈히 씻어
명경지수 맑은 맘
고운 심성으로 살 거다

하루를 여는 그림자

우리 아버지 새벽 5시면
알람보다 먼저 일어나신다
늙으니 새벽잠이 없다고 애써 변명하시며
강아지 데리고 동네 한 바퀴 산책하신다

새벽의 고요를 혼자 깨고 오신 듯,
새로운 하루가 차려지고
그 새벽의 햇살, 이제 와 문득 돌아보면
질경이처럼 일어나 거친 풍랑 이겨내신
당신의 흔적에 그리움을 묻혀 봅니다

큰 짐 진 뒷모습으로 대문을 나서시던
당신의 어깨 위로 내리던 햇살처럼
따스한 추억이 등불 하나 들고 오네요
아버지는 아마,
내일도 알람보다 먼저 일어나시겠지요

지하철 승강장

인파로 가득 채워진 삶의 중심에
어깨 스치는 매일의 꿈들이 북적인다
서로 다른 목적지
쇠붙이의 퉁명스런 울림이 다가오고
열차의 바람결에 도시의 피로가 흩날린다

문이 열리고, 된바람 하루가
거대한 몸속으로 휩쓸리고 있다
잠시의 고요와 인파의 물결이 반복되고
열차의 뒤편으로 사라지는 사람들의 잔상
빈 레일 위에는 차가운 침묵이
다시금 새로운 물결을 채비한다

같은 선 위에서 기다리는 엇갈린 시간
모두가 각자의 시작과 끝을 오가고 있다
저마다의 궤적을 그리며
차가운 침묵이 준비하는
레일을 스치는 멈추지 않는 도시

가을의 약속

깊고 푸른 허공 아득하여
흰 구름자락 만년을 품었을까
고운 서리 내린 국화 한 송이
가을의 대문을 열어 놓았다

은빛 억새의 머릿결에
돌아온 가을의 약속이
물결처럼 일렁이는데

저문 날 아쉬워 스러지는 잎새
사라져가는 것들의 쓸쓸함 너머
새로운 계절에 다시 돋을 생명들이여

한해의 결실처럼 수만 리를 건너
변치 않을 가을의 약속으로
기러기 떼 하늘 저편 날고 있다

가위

김치가 길어
어머니는 손으로 찢어주셨지
그 따뜻함 대신
주방의 서늘한 두 날개
너는 잘라버린다

삼겹살도 쪽파도
바다를 헤엄치던 지느러미도
날카로운 궤적 따라 적당히

해체하고 허물고 나누는
차가운 몸짓의 두 날개

블랙박스

연기처럼 흩어지는 세상의 일들
붙들었든가 놓쳤든가 그 기억들

보내고서도 기어이 다시 만나는
검은 그림자 따라와 얼굴 비추네
어둠 속 어디선가 발걸음 소리
캄캄한 하늘 별을 따서 불을 밝힌다

있었던 일은 그저 그대로
지워지지 않는 과거의 조각들이
아픈 기억 싣고 끝내 돌아와

숨겨진 진실을 다시 꺼내는
거역하지 못할 침묵의 이야기

어둠 삼킨 기계 속, 꺼지지 않는 눈빛
모든 시작과 끝을 응시하는 증인
그 선명함 위에 피어나 숨 쉬는
영원히 새겨진 잔인한 그림자

독거노인의 방

눌어붙은 외로움이 벽지 위
참을 만큼의 통증으로 번지고
산허리 노송처럼 굽은 허리에
무거운 황혼의 노을 잔잔하다

옥이야 금이야 어딨는지
그리운 이름으로 걸린 12월의 달력엔
큰아이 생일날 표시가 동그랗다

언젠간 떠나지만 아직은
고독한 등을 기댄 방바닥 온기와
애틋했던 지나간 사랑이 아쉬워
눈가 이슬 된 그 추억 먹고 산다

문풍지처럼 가벼운 겨울 햇살 도닥이는
서랍 속 멈춰 선 낡은 이야기
날개 펴던 하늘가에 웅크린 채로
세상의 한 시절 되어 자리하고 있다

날개 꺾인 새

가슴 저린 언저리에 날개 꺾인
새 한 마리 둥지를 틀다
차가운 시선 휘감아 도는
세상의 둔덕을 묵묵히 지고
그늘 속 햇살을 받아 마시며
이슬 젖은 날개를 털고 있다

찢긴 가슴으로 너와 함께 숨 쉬며
잃어버린 사람의 이야기를 주저리며
잃어버린 네 이름, 잃어버린 꿈들을 되뇌다
뉘엿한 오후의 햇살 아래
너를 생각하며 속울음을 삼킨다

는개 오는 겨울을 사는 아들
새는 울지 않는다 차라리 더욱
시린 날이 오리라 기다리며
그때야 울어 보리라 울어 보리라

* 이 글은 지적장애가 있는 아들을 둔 부모의 마음을 그렸습니다.

마이산 돌탑

억조창생의 염원, 만국 평화의 꿈
이갑용 처사의 간절한 소망이
천만 영혼의 숨결로 불러 모은 돌들
메마른 산등성이 위 우뚝 솟아난
만불탑군으로 하늘을 이고 섰다

돌 하나하나가 품은 인고의 세월
욕심도 미련도 없는 맑은 정성은
하늘을 감동케 하여
만고풍상에도 흔들림 없는
하늘과 땅을 잇는 교리가 되고
인간의 간절한 발걸음 끊이지 않는
희망의 신성한 공간이 되었다

세상 물정 어지러이 혼돈에 젖어도
무심한 돌들은 가지런히 서로를 의지하니
공들여 쌓은 믿음의 탑은 태풍에도
무너지지 않는 진리가 되었다
인간사 또한 그러하다

정성 들여 다듬은 삶이 단단해지는 것

억겁을 초월하여 제자리 지키는 탑
무서리 내리는 마이산 계곡 아래
하늘 향해 쏘아 올리는 만인의 염원들이
소중한 소망으로 무르익어 가기를

친구

칠십이 된 친구 둘,
잔을 주고받으며 웃는다

"마누라캉 문제없제?"

"와 없겠노, 그게 문제라"

"나도 요새는 그냥 시키는 대로 한다"

"그래, 현명하데이
사람 사는 게 뭐겠노,
소풍처럼 즐겁게 살아야지"

"트라블 해봤자 뭐 남노,
사랑이 최고 아이가"

"사랑이 뭐라고 생각하노?"

"살 만큼 살았지만 아직도 모르지

다만 뭔가 있을 거라는 기대,
그게 우리를 살게 하는 거 아니겠나"

"집에 가서 마누라 엉덩이 두드려 줘라
데리고 살아줘서 고맙다고"

"하하! 내 걱정하지 말고 니나 잘해라
자자! 잔 비었다 술이나 받아라"

웃음이 터지고, 잔은 다시 채워진다
사랑이 별다른 것이 아님을 아는 이들
술잔에는 세월의 깊이가 잔잔히 스며 있었다

수제비

연탄불 부뚜막 위 물은 한솥인데
반죽은 손바닥만 하다
어른 한 끼도 안 되는 덩어리
짜디짠 눈물에 소금 한 줌 불려서
당신의 고난을 뚝뚝 떼 넣어
엄마는 여섯 식구를 먹였다

배고픔에 겨워 치맛자락 붙잡고
칭얼대던 어린 투정에 애써 미소 짓던
그 안쓰러운 눈빛이 아려와
이제껏 나는, 수제비를 먹지 않는다

이슬 훔치던 어머니의 뒷모습
볼 수 없는 얼굴
허기진 그리움
다시는 채울 수 없기에

천사꽃

뉘 눈물의 사연 담았나
고개 떨군 슬픔으로
햇살을 피한 얼굴에
가만히 맺힌 쓸쓸한 여운

흰 달빛 가슴속 촘촘히 들어앉아
말 못 한 깊은 사연 입술을 떤다

치렁한 날개옷 천사이기에
세상 아픔 다 가져
지상을 떠도는 모습

울지 못하는 색소폰처럼
긴긴 울음을 참고 참아

쓸쓸한 입술에 이슬 머금고
아래로 공손히 피어나는 꽃

욕망의 간판

미친 피자
마약 김밥
환장 라면
지옥 닭발
중독 떡볶이

거리의 간판들이 손짓한다
남다른 유혹으로 눈길을 낚아채려는
상술의 덫에 휘청이는 욕망의 현장

이름 짓는 자유라 애써
그러려니 스쳐 지나지만
한켠에 자리한 물음표는 지워지지 않는다
오래도록 쌓아 올릴 정성보다
찰나의 자극으로 유혹하는
간판 위에 새겨진 짧은 꿈

지속될 시간의 무게보다
순간의 짜릿함에 기댄 채

삶을 이어가려는 절박한 몸짓
이토록 처절한 속삭임이 마음을 시리게 한다

돌탑 길을 걸으며

오가는 발걸음에 속마음 모여
돌들에 새긴 꿈이 탑으로 쌓여가고
세상 살아내는 이야기
들바람결에 실려서 들려온다

어떤 소원 꿈꾸었을까
담겨 있을 작지 않은 소망들
나들이 구름 사이를 풀어헤치고
숨겨둔 눈물도 몰래 심었겠지

묻어둔 바람은 꽃을 피우길
먼 길을 돌아와 건너는 희망이기를
메마른 가슴 위에 작은 씨앗 뿌리내려
이 세상 끝자락에서도 다시 피어나기를

오늘도 가슴에 고이 모으는 손
잃을 것 없는 작은 이야기
또 하나의 돌멩이 되어
간절함이 하늘 향해 탑으로 쌓인다

〈

바라건대
세상의 조화가 예외 없이 공평하길
절벽을 살아내는 산양처럼 사뿐하길
하늘을 우러르며 낮은 마음이기를

11월의 향나무

엄동설한 혹독한 바람에도
푸르지 않고는 견딜 수 없었다
오래도록 지치지 않는 담담함

낙엽 지고 황량한 뜨락에
홀로 독야청청 푸른 잎
가만가만 피는 무던한 향은
너의 변치 않는 마음인가 보다

갈라진 껍질은 오래된 평온
뒤틀린 가지마다 뜬 세월 엮어
계절이 오고 가는 바람길에서
모두 떠나는 시간에도 푸르구나

마를 없는 샘물처럼 언제나 그대로
세상 풍파에도 흔들리지 않는 절개
영혼의 위로로 피워 내는 그 향기

섬 하나 샀다

낮잠 속
섬 하나 샀다
숲은 숨결
파도는 노래
고독은 평화였다

그대 오기를
바람에 실었다

아, 파라다이스

전화벨 소리에
모래처럼 흩어졌다

무딤이들이 띄운 달

박정용(시인, 문학평론가)

이 시집은 하나의 세계관을 열고 시작한다. '무딤이들의 달'이라는 시제는 '무딤'이라는 존재를 단순한 둔감함의 묘사가 아니라, 시대의 고통과 생의 마찰 속에서 감각이 닳아버린 사람들, 그러나 끝내 살아남은 자들의 또 다른 이름으로 호출하고 있다. 여기에서 달은 천체가 아니라, 하동이라는 구체적 장소 위에 떠오른 기억과 애도의 표정이다.

> 동백기름에 참빗 내린 머리
> 울 하동 할매 같은 하얀 달
> 악양동천에 뜨는 보름달은
> 화개산 등마루 타고 흘러라
>
> 오백 리 길 돌아 흐른 섬진강 강가에

힘들고 마음 아픈 사람들이 살던 땅

눈물 아로새긴 꿈 하나 꾸며 살던

떠나간 사람들의 이야기 무성하고

세월의 뒤켠 뒷자취 애련하다

낯익은 석양 속 하염없는 나그네 발길

악양산 비알진 언덕 강바람 선선하면

농익는 벼 고개 숙이는 무딤이들

소달구지 오가던 토지길 따라

절구춤이나 한바탕 추어 보자

부네각시춤에 추렴새를 붙여 볼까나

호젓한 길 돌아서 휘적이며 걷는 길

하동의 달은 강바람 싣고 떠오르고

저 푸른 솔밭에는 마음만 두고 가네

- 「무딤이들의 달」 전문

　　시의 첫 연에서 달을 곧바로 인격화시켰다. "동백기름에 참빗 내린 머리/울 하동 할매 같은 하얀 달"이라는 구절은 표현의 압권이다. 동백기름은 과거 여성 노동

과 생계의 냄새를 품은 물질의 상징이고, '참빗'은 꾸밈 없는 생의 단어다. 여기서 달은 자연물이 아니라, 세월을 머리에 바른 노년의 여성, 곧 하동이라는 땅이 길러낸 집단적 어머니의 얼굴로 변환된다.

이어지는 "악양동천에 뜨는 보름달은/화개산 등마루 타고 흘러라"에서 달은 정지된 대상이 아니라, 산의 등줄기를 따라 흐르는 시간 그 자체로 자리매김하고 있다. 시에서의 자연은 언제나 움직이며, 그 움직임은 곧 세월임을 알 수 있다.

두 번째 연에서 시는 섬진강을 통해 역사적·정서적 깊이로 들어간다. "오백 리 길 돌아 흐른 섬진강 강가에"라는 장대한 호흡은 개인의 삶을 넘어선 집단사의 무게를 나타내고 있다. 이 강가에는 "힘들고 마음 아픈 사람들이 살던 땅"이 있고, 그들은 "눈물 아로새긴 꿈 하나 꾸며" 살다 떠났다. 여기서 '무성하고 애련한' 것은 떠나간 사람들의 이야기가 아니라, 그 이야기를 품고도 말하지 못하는 세월이 아닐까 한다. 시인은 역사적 비극을 직접 말하지 않음으로써 오히려 더 큰 애도를 만들어내고 있다. 침묵의 윤리가 이 시의 품격을 지탱시키는 역할을 하고 있는 것이다.

세 번째 연은 이 시의 정서적 전환점이다. 낮과 밤, 현실과 환상이 겹쳐지며 '무덤이들'이 비로소 모습을 드러내고 있다. "농익는 벼 고개 숙이는 무덤이들"에서 무덤은 체념이 아니라 성숙이다. 고개를 숙인다는 것은 패배가 아니라, 생을 끝까지 견뎌낸 존재의 자세다. 토지길, 소달구지, 절구춤, 부네각시춤 같은 민속적 이미지들은 이 땅의 삶이 고통 속에서도 얼마나 풍부한 리듬을 지녔는지를 잘 보여주고 있다. 시인은 슬픔을 박제하지 않고, 슬픔이 춤으로 변환되는 순간을 포착한다. 이것이 이 시의 가장 큰 낭만의 백미가 되었다.

마지막 연에서 "하동의 달은 강바람 싣고 떠오르고/저 푸른 솔밭에는 마음만 두고 가네"라는 결구는, 떠남과 남김의 미학으로 시를 닫았다. 육신은 떠나되 마음은 땅에 두고 가는 태도, 이것은 망각이 아니라 헌사다. 달은 떠오르지만, 그 빛은 여전히 하동에 머물고 있다.

다시 말하면 이 시는 지역 서정에 머물지 않고 있다. 하동이라는 지명이 곧 한국 근현대사의 주변부를 살아온 사람들의 집단적 초상으로 확장되었다는 사실을 기억해 보면 화려한 수사 없이도 충분히 깊고, 감정의 과잉 없이도 충분히 뜨거운 지역임을 알 수 있게 하고 있다. 무엇보다 이 시의 낭만은 달콤함이 아니라, 견딘 것들에 대한 존엄한 연민에서 시작되고 있음을 알 수 있다.

「무딤이들의 달」은 그래서 읽는 이를 울리기보다, 오래 머물게 하고 있다. 은은한 비치는 달빛처럼. 이 시를 읽는 내내 시집의 간판으로 삼아도 좋겠다는 생각을 해보았다. 지역과 시대를 우려낸 좋은 작품이다.

달오름 나들이로 평강천을 가본다
조곤히 해적이는 은물결 소리
바람에 실려 옛이야기들
흐르는 달빛 속에 스며들고

두녕한 바람 담고 억새의 노래
추억의 조각들이 하나둘 떠오르면
고향의 향기 황소처럼 내달아 온다
소리 없이 시간 속에 묻혀간
어릴 적 뛰놀던 달맞이꽃 고운 길
따스한 품은 언제나 고향이었지

〈

손잡아 펼쳐 놓던 그리운 날들

조롱박 조랑조랑 햇살 담으면

그 안에 그득히

아련한 그리움들 떠가고 있다

- 「평강천」 전문

　시 「평강천」은 흐르는 강물을 바라보며 잃어버린 고
향의 기억과 서정적인 풍경을 복원해내는 아름다운 작
품이다. 이 시를 낭만적이고 서정적인 시선으로 살펴보
면, 기억의 강물 위에 띄운 달빛 편지다. '평강천'이라는
구체적인 공간을 배경으로 흐르는 물결에 과거의 추억
을 투영하며 상실된 고향에 대한 그리움을 감각적으로
그려내고 있다.

　첫 연은 달빛과 물결이 빚어낸 영혼의 산책이라고 할
수 있겠다. 화자는 '달오름 나들이'를 통해 평강천에 도
착한다. 여기서 주목할 표현은 '조곤히 해적이는 은물
결 소리'이다. 단순히 눈으로 보는 풍경에 머물지 않고,
은빛 물결이 내는 세밀한 소리를 포착함으로써 시적 공

간을 고요하고 신비로운 분위기로 이끌고 있다. 흐르는 달빛 속에 옛이야기들이 스며든다는 표현은, 자연의 흐름이 곧 역사가 되고 기억이 되는 낭만적 물아일체物我一體의 경지를 보여준다.

두 번째 연에서는 향기로 치환된 역동적인 그리움이 느껴진다. 시각과 청각을 넘어 후각적 이미지가 폭발하고 있다. 억새의 노래와 함께 떠오르는 '고향의 향기'는 '황소처럼 내달아 온다'라고 묘사하고 있다. 대개 그리움은 정적인 이미지로 그려지기 마련이지만, 시인은 이를 황소의 움직임에 비유하며 가슴 깊은 곳에서 울컥하며 밀려오는 그리움의 역동성을 훌륭하게 형상화시켰다.

세 번째 연은 달맞이꽃 길에 머무는 따스한 유년의 회상이다. '달맞이꽃 고운 길'은 순수했던 어린 시절의 상징이며, 평강천의 품은 곧 고향의 품임을 고백하고 있다. 시인에게 평강천은 단순한 지리적 장소가 아니라, 언제든 돌아가 쉴 수 있는 '정신적 원형Archetype'으로서의 고향인 셈이다.

마지막 연은 조롱박에 담긴 투명한 슬픔과 희망이 느껴진다. "조롱박 조랑조랑 햇살 담으면"이라는 대목은 이 시의 백미다. 햇살을 담아내는 조롱박은 화자의 따뜻

한 마음을 상징하는 듯하며, 그 안에 "아련한 그리움들"이 가득 차 흐르고 있다. 그리움이 단순히 슬픔에 머물지 않고 햇살과 조롱박이라는 일상의 소박한 이미지와 결합하며, 독자에게 한 폭의 수채화를 보는 듯한 여운을 남기고 있다.

다시 정리해 보면, 이 시는 '물(강)'이라는 유동적인 이미지를 통해 잊혀지는 기억을 현재로 불러세우는 힘이 있다. 단어 하나하나가 맑고 투명하며, 평강천이라는 공간을 한국적 정서가 깃든 낭만적 성소聖所로 승화시켰다. 읽는 이로 하여금 가슴 한구석에 묻어둔 자기만의 '평강천'을 떠올리게 하는 서정성이 돋보이는 수작이다.

가늠하지 못할 수양의 깊이
그 도도함으로 침묵의 정진
더 보탤 것도 없는 긴 여정

한곳으로만 떠나는 천만년을
기웃거리지 않는 몰입으로
깊이를 채우는 수도자의 길

〈

대각선의 붉은 파장이 나리는

마천루 너머 황혼이 젖어오면

아쉬운 하루의 이별을 위하여

오늘도 된바람 막아낸 사람들

해거름 강을 건넌다

겨울은 막무가내로 들이미는데

은물결 위에는 아직 둘레둘레

서슬 진 주둥이를 휘저으며

오리 몇 마리 떠다니고 있다

- 「한강」 전문

    시 「한강」의 텍스트는 온전히 '읽는 시'이자 '보는 시'로도 성립하는 작품이다. 흐르지 못하는 강, 멈춰 선 시대의 윤리. 시에서의 한강은 더 이상 흐르는 자연물이 아니다. 그것은 '가늠하지 못할 수양의 깊이'에서 출발해, 사회와 개인, 언어와 윤리의 실패를 고요하게 반사하는 정신의 강이 되었다. 시인은 물의 운동성을 제거함으로써 오히려 강을 증언의 장소로 전환한다.

첫 연에서 "가늠하지 못할 수양의 깊이/그 도도함으로 침묵의 정진"이라는 구절은 교육과 사유가 작동하지 않는 시대의 아이러니를 압축하고 있다. '도도함'은 본래 흐름의 미학이지만, 여기서는 침묵과 결합되어 움직이지 않는 위엄, 혹은 관성화된 권위로 전도하고 있다. 강은 흐르지 않음으로써 오히려 더 강해진다. 이는 현대 사회가 자주 보여주는 역설과 같은 현상이다.

"대각선의 붉은 파장이 나리는/마천루 너머"라는 대목에서는 시선이 수직과 수평을 교차하며 도시 문명을 해체한다. 불은 희망이나 계몽의 상징이 아니라, '파장으로 내리는' 대상이다. 인간이 만든 빛은 더 이상 길이 되지 못하고, 오히려 눈을 멀게 한다. "아쉬운 하루의 이별을 위하여/오늘도 된바람 막아낸 사람들"이라는 구절에서 보면 그저 거대한 서사 대신 된바람을 막으며 하루를 견딜 뿐임을 알 수 있다.

후반부의 계절 전환에서 "겨울은 막무가내로 들이미는데/은물결 위에는 아직 둘레둘레"라는 표현은 시의 미학적 절정이다. 냉혹한 현실(겨울)과 미세한 아름다움(은물결)이 공존하지만, 그 아름다움은 위태롭다. "서슬 진 주둥이를 휘저으며/오리 몇 마리 떠다니고 있다"라는 결

말은 냉소적이면서도 탁월하다. 자연은 여전히 그 자리에 있지만, 인간의 언어는 이미 거칠어졌고, 세계는 탁해졌다.

이 시는 한강을 배경으로 삼았으되, 풍경을 노래하지 않았다. 대신 흐르지 못하는 시대의 정신과 은물결 위에 떠 있는 윤리의 파편을 정제된 어조로 제시한다. 설명을 최소화하고, 종교적·도시적 상징을 절제 있게 배치한 점이 인상적이다. 특히, 직접적 고발 대신 침묵의 압력으로 말하고 감정의 과잉 없이 냉정한 윤리적 시선을 유지하며 한강을 시대의 무의식으로 전환시키는 데 성공했다.

산란하는 빙열무늬
천년 장인의 오묘한 감각
고고한 구름 노니는
쪽빛 하늘을 풀었다

매화 봉오리 곡선 위에 펼친
유유자적 학의 날개
모래알 같은 천년 세월
운학의 날갯짓에 흐르는 선율

그 뉘라서 발길을 돌릴 수 있을까

추위에 맞서 핀 꽃의 기개

세월의 거센 바람 비껴간

저 부처님 같은 어깨는

천상천하유아독존 당당한 품위

흙과 불로 빚어 영롱한 푸른 하늘

천 년의 청아한 이야기 들려주는

세월 건너 피어난 불멸의 조화여

— 「청자 상감운학문 매병靑磁 象嵌雲鶴文 梅甁」 전문

시 「청자 상감운학문 매병靑磁 象嵌雲鶴文 梅甁」은 한국 미학의 정수인 고려청자를 소재로 하여, 유한한 물질을 통해 무한한 정신적 경지를 형상화한 수작이다. 평론가적 시각에서 이 작품의 예술적 성취를 분석해보면 흙과 불로 빚은 천년의 고요와 비상이라 할 수 있겠다. 대상의 시각화와 공감각적 전이를 가진 이 시는 청자의 표면적 특징인 '빙열氷裂'에서 시작하여 '하늘'이라는 거대한 공간적 확장으로 나아간다.

"산란하는 빙열무늬"로 청자의 미세한 균열을 고정된 결함이 아닌, 빛이 흩어지는 역동적인 상태로 포착했으며 "쪽빛 하늘을 풀었다"라는 표현으로 시각적 색채를 액체처럼 '푸는' 행위로 묘사하며, 도자기가 단순한 그릇이 아니라 하나의 우주적 공간임을 선언한다.

　형태적 곡선미와 정신적 고결함의 결합인 매병은 특유의 어깨가 넓고 아래가 좁아지는 형태를 가졌다. 이를 "부처님 같은 어깨"로 비유한 대목이 탁월하다. 이는 단순한 외형 묘사를 넘어, 한국 불교적 세계관과 청자의 숭고미를 연결하고 있다. "천상천하유아독존 당당한 품위"는 청자가 지닌 범접할 수 없는 고고함을 종교적 절대성으로 격상시켰다. 작가는 이 유물을 단순한 골동품이 아닌, 생명력과 자존감을 지닌 주체로 대하고 있다. 현재성을 담고 있는 시 전반에 흐르는 '천년'은 과거에 박제된 시간이 아니다.

　무구한 시간을 만질 수 있는 촉각적 질감(모래알)으로 치환한 "모래알 같은 천년 세월"이라는 시구와 "세월 건너 피어난 불멸의 조화여"라는 마지막 행에서 시인은 흙(물질), 불(에너지), 장인의 감각(정신)이 결합하여 시간을 초월한 '불멸'에 도달했음을 찬탄하고 있다.

이 작품은 전통적 소재를 현대적 감각의 시어로 복원해 내는 데 성공했다. 특히 상감기법으로 새겨진 '운학(구름과 학)'의 움직임을 "흐르는 선율"로 표현하여 시각 예술을 청각적 이미지로 변주한 점이 인상적이다. 청자의 차가운 표면에서 뜨거운 장인의 숨결과 드높은 기개를 읽어내는 시인의 통찰력은 독자로 하여금 박물관 유리창 너머의 유물을 살아 있는 유기체로 마주하게 한다.

눌어붙은 외로움이 벽지 위
참을 만큼의 통증으로 번지고
산허리 노송처럼 굽은 허리에
무거운 황혼의 노을 잔잔하다

옥이야 금이야 어딨는지
그리운 이름으로 걸린 12월의 달력엔
큰아이 생일날 표시가 동그랗다

언젠간 떠나지만 아직은
고독한 등을 기댄 방바닥 온기와
애틋했던 지나간 사랑이 아쉬워

눈가 이슬 된 그 추억 먹고 산다

문풍지처럼 가벼운 겨울 햇살 도닥이는

서랍 속 멈춰 선 낡은 이야기

날게 펴던 하늘가에 웅크린 채로

세상의 한 시절 되어 자리하고 있다

- 「독거노인의 방」 전문

선환기 시인의 「독거노인의 방」은 홀로 남겨진 노년의 삶을 연민이나 슬픔의 과잉 없이, 담담하면서도 정갈한 필치로 그려낸 수작이다. 시인이 실제 경험한 바를 바탕으로 작성된 만큼, 시구 곳곳에 묻어나는 구체적인 묘사가 독자의 가슴을 묵직하게 두드리고 있다.

작품에 대한 평설을 핵심 관점에서 정리해 보면,

첫 연에서 시인은 '외로움'이라는 추상적인 감정을 벽지에 '눌어붙은' 시각적 형상으로, 그리고 '참을 만큼의 통증'이라는 촉각적 경험으로 치환하고 있다. "눌어붙은 외로움"은 단기간의 쓸쓸함이 아니라, 오랜 시간 겹겹이 쌓여 일상이 되어버린 고립감을 상징하고 있다. "산허리

노송"으로 굽은 허리를 노송에 비유함으로써, 고난의 세
월을 견뎌온 노인의 삶에 숭고한 생명력을 부여하며 단
순한 동정의 대상을 넘어선 존재감을 드러내고 있다.

2연은 이 시에서 가장 가슴 아픈 공간적 배경을 제시
하였다. '12월'은 한 해의 끝자락이자 추위가 시작되는
시기다. 여기 "12월의 달력"에 그려진 '큰아이 생일날의
동그라미'는 노인에게 남은 유일한 시간의 이정표다. 자
식은 곁에 없지만(어딨는지), 이름만으로 달력에 걸려 있
는 존재다. 이는 단절된 관계 속에서도 끊어지지 않는
부모의 내리사랑을 극명하게 보여준다.

3연에서는 죽음이 머지않았음을 인지하면서도('언젠
간 떠나지만'), 현재의 삶을 지탱하는 힘이 무엇인지 보
여주고 있다. "방바닥 온기"는 고독한 등을 기댄 최소
한의 물리적 온기다. '추억을 먹고 사는' 노인에게 추억
은 단순한 회상이 아니라, 오늘을 버티게 하는 실질적인
'양식'이다. 비록 그것이 "눈가 이슬"(눈물)이 될지언정,
과거의 사랑이 있었기에 현재의 고독을 견딜 수 있다는
역설적인 위로를 전하고 있다.

마지막 연은 시적 여운을 극대화했다. 서랍 속에 멈
춰 선 시계나 일기처럼 "낡은 이야기"로 노인의 삶은 사

회의 빠른 속도에서 비켜나 있다. 한때는 하늘가로 날개를 펴던 당당한 "세상의 한 시절"이었던 그가 이제는 작은 방안에 웅크리고 있다. 이는 개인의 노화를 넘어, 한 시대를 일구었던 세대가 저물어가는 풍경을 함축적으로 담아내고 있다.

선환기 시인의 이 작품은 '방'이라는 폐쇄적인 공간을 통해 한 인간의 전 생애와 고독의 깊이를 밀도 있게 담아냈다. "문풍지처럼 가벼운 겨울 햇살" 같은 섬세한 비유는 시적 허용을 넘어 독자에게 따스한 성찰의 기회를 제공하고 있다. 단순히 독거노인의 비참함을 고발하는 것이 아니라, 그 안에서도 꼿꼿이 추억을 되새김질하며 자신의 자리를 지키는 인간의 엄숙한 뒷모습을 보여준다는 점에서 깊은 울림을 준다. 우리 모두가 맞이해야 할 시대적 소명이자 피할 수 없는 미래의 그림이다.

상상인 시인선 *100*

무덤이들의
달

지은이 선환기

초판인쇄 2026년 2월 2일 초판발행 2026년 2월 7일

펴낸곳 도서출판 상상인 편집주간 황정산 펴낸이 진혜진

표지디자인 최혜원 기획·마케팅 전은빈 최유림 노혜림 정현수

책임교정 오 늘 편집 세종PNP

등록번호 제572-96-00959호 등록일자 2019년 6월 25일

주소 06621 서울시 서초구 서초대로74길 29, 904호

전화번호 02-747-1367, 010-7371-1871

팩스 02-747-1877 전자우편 ssaangin@hanmail.net

ISBN   979-11-7490-044-9(03810)

값 12,000원